El gran día de Lily

KEVIN HENKES

TRADUCIDO POR MARÍA CANDELARIA POSADA

Greenwillow Books · rayo

Una rama de HarperCollinsPublishers

Para Clara

El gran día de Lily
Copyright © 2006 por Kevin Henkes.
Traducción © 2008 por HarperCollins Publishers
Traducido por María Candelaria Posada
Para preparar las ilustraciones a todo color se utilizaron
pintura a la aguada y una pluma negra.
El tipo de imprenta del texto es 16-point Mrs. Eaves.
Impreso en China. Todos los derechos reservados.
Para recibir información, diríjase a: HarperCollins Children's Books,
a divison of HarperCollins Publishers, 10 East 53rd Street, New York, NY 10022.
www.harpercollinschildrens.com

Library of Congress ha catalogado la edición en inglés.
Henkes, Kevin. El gran día de Lily / de Kevin Henkes.
p. cm.
"Greenwillow Books."
Summary: When her teacher announces that he is getting married,
Lilly the mouse sets her heart on being the flower girl at his wedding.
ISBN 978-0-06-136316-0 (trade bdg.)
[1. Mice—Fiction. 2. Weddings—Fiction. 3. Teachers—Fiction.]
I. Title.
PZ7.H389Lg 2005 [E]—dc22 2004052263
Primera edición
09 10 11 12 13 SCP 10 9 8 7 6 5 4 3

La edición original en inglés de este libro fue publicada por Greenwillow Books en 2006

AR-3.7

Un día, el maestro de Lily, el Sr. Slinger, le anunció a la clase que se iba a casar con la Srta. Shotwell, la enfermera de la escuela.

El corazón de Lily dio un brinco. Siempre había querido ser una damita de honor.

—Será el mejor día de mi vida —dijo el Sr. Slinger.

—El mío también —susurró Lily.

En casa, en su habitación, Lily ensayó para ser la damita de honor.

Primero, se puso algo más adecuado.

Luego, levantó la cabeza

y sonrió alegremente

y alzó las cejas

y movió la cabeza de lado a lado

y llevó las manos delante de ella con orgullo

y tarareó la marcha nupcial

y atravesó su habitación muy, muy despacio

de aquí para allá, de allá para aquí, de aquí para allá.

—Será el mejor día de mi vida —dijo Lily.

—¿A qué estás jugando esta noche? —preguntó la mamá de
Lily a la hora de la cena.

—No estoy jugando —dijo Lily—. Soy una damita de honor.

—¿Quién se casa? —preguntó su papá.

—El Sr. Slinger —dijo Lily.

—¿De verdad? —dijo su mamá.

—¿De verdad? —dijo su papá.

—De verdad —dijo Lily—. Se va a casar con la Srta. Shotwell.
Nos lo dijo hoy. Y yo voy a ser la damita de honor.

—¿Sí? —dijo su papá.

—¿Te lo pidió el Sr. Slinger? —dijo su mamá.

—Todavía no —dijo Lily.

A la hora de acostarse, la mamá de Lily le dijo:

—Lily, hay tantas alumnas en tu clase. El Sr. Slinger no podría elegir a una sola para que fuera su damita de honor.

Su papá dijo:

—No sería justo.

—Es probable que él tenga una sobrina... —dijo su mamá.

—Quizás algún día la tía Mona se case... —dijo su papá.

—¿Entiendes lo que te queremos decir? —le preguntó su mamá.

Lily asintió con la cabeza.

—¿Estás segura? —le preguntó su papá.

Lily asintió nuevamente.

Después de que sus papás salieron de su habitación, Lily dijo:

—Entiendo que voy a ser la damita de honor.

Al día siguiente en la escuela durante "la hora de compartir",
Lily dijo:

—Siempre he querido ser una damita de honor. Más que
cirujana, cantante de ópera o peluquera.

A la tarde siguiente, mientras el Sr. Slinger supervisaba el recreo,
Lily arrancó algunas hierbas del borde del patio de recreo.
Llevó las hierbas con orgullo delante de ella y caminó
muy, muy despacio frente al Sr. Slinger hasta que sonó el timbre.
De aquí para allá, de allá para aquí, de aquí para allá.

Y la mañana siguiente, Lily fue al laboratorio la Bombilla en la parte de atrás del aula. Dibujó su retrato.

El Sr. Slinger llamó a Lily a su escritorio durante "la hora de lectura en silencio".

—Lily —le dijo—, me he dado cuenta de que quieres ser una damita de honor pero, desafortunadamente, mi sobrina Ginger va a ser la damita de honor en mi boda.

El corazón de Lily dio un vuelco.

—Pero quiero que sepas que toda la clase está invitada a la boda —dijo el Sr. Slinger—. Podremos bailar todos juntos durante la recepción. Será divertido.

A Lily le dolía el estómago.

—Parece que esto es muy importante para ti —dijo el Sr. Slinger.

Las mejillas de Lily enrojecieron.

—Sabes... —dijo el Sr. Slinger —estaba pensando que podrías ser la asistente de Ginger. Podrías pararte con ella y acompañarla hasta que llegue el momento de que tenga que caminar por el pasillo. Podrías cuidar de que su vestido no esté torcido y de que sostenga bien las flores.

Lily lo pensó.

—Podrías recordarle que camine despacio —dijo el Sr. Slinger.

Lily lo pensó un poco más.

—Podrías llevar una flor en el vestido —dijo el Sr. Slinger.

—Bueno, está bien —dijo Lily—, si de verdad me necesitan tanto.

Lily trató de emocionarse por ser la asistente de Ginger.

—Las bodas ni existirían si no hubiera asistentes para las damitas de honor —le dijo a su hermanito Julius.

—Tengo una responsabilidad especial —les dijo a sus papás.

Cuando su abuelita la llevó a comprar un vestido nuevo para la boda, Lily le dijo a la vendedora:

—La asistente de la damita de honor es *muy* importante. Importante *y* glamurosa.

Pero cuando realmente se dio cuenta de que no iba a caminar
por el pasillo con un ramo de flores y con todos los ojos
puestos sobre ella, Lily simuló que su osito de peluche era
el Sr. Slinger.

Lo hizo sentar en su silla de meditar.

—Puedes quedarte ahí para siempre —le dijo.

A medida que se acercaba la boda, el Sr. Slinger contaba los días en la pizarra.

—Falta un día menos para el mejor día de mi vida —decía.

—Falta un día menos para el mejor día de la vida de *Ginger* —susurraba Lily.

Aun así, en casa, Lily ensayó en su habitación.

Levantó la cabeza

y sonrió alegremente

y alzó las cejas

y movió la cabeza de lado a lado

y llevó las manos delante de ella con orgullo

y tarareó la marcha nupcial

y atravesó su habitación muy, muy despacio

de aquí para allá, de allá para aquí, de aquí para allá.

Al fin llegó el día de la boda.
Lily deseó y deseó que a Ginger le saliera un orzuelo
o le diera fiebre y no se apareciera.
Pero ahí estaba. Y estaba completamente lista. Su vestido
estaba derecho y sostenía bien las flores.

—¿Estás segura de que quieres hacer esto? —dijo Lily.

—Sí —dijo Ginger.

—¿Estás segura de que estás segura?

—Sí.

—¿*De verdad* estás segura de que estás segura?

Lily deseaba y deseaba que Ginger cambiara de idea.

Pero no lo hizo.

Ya era hora de que comenzara la ceremonia.

El volumen de la música comenzó a subir.

Todos se pusieron de pie.

Llegó el momento en que Ginger debía caminar por
el pasillo.

Ginger no se movió.

El Sr. Slinger le hizo señas de que avanzara.

—Anda —le dijo Lily.

Ginger estaba congelada.

—Ahora —le dijo Lily.

Ginger estaba como una piedra.

—Tú sí puedes —le dijo Lily.

Pero Ginger no podía.

Todos esperaron. Y esperaron. Y esperaron.

Nadie sabía qué hacer; excepto Lily.

Lily alzó a Ginger y dijo:

—Aquí vamos.

Entonces Lily caminó muy, muy despacio por el pasillo.

Levantó la cabeza

y sonrió alegremente

y alzó las cejas

y movió la cabeza de lado a lado

y llevó a Ginger delante de ella con orgullo.

Cuando llegó donde el Sr. Slinger, todos aplaudieron.

—Yo sabía que este sería el mejor día de mi vida —dijo Lily.

Lily estaba tan emocionada que ya no prestó atención a la boda.

La recepción estuvo muy divertida.

Después de que sirvieron el pastel, Lily preparó a Ginger para
la próxima vez que le tocara ser damita de honor.

—No voy a estar contigo en todas las bodas —dijo Lily—. No te
podré salvar todas las veces.

Juntas caminaron de aquí para allá
y de allá para aquí
y de aquí para allá,
muy, muy despacio.

Pronto, se pusieron a bailar.

Y poco después, Chester, Wilson, Víctor, Julius, el Sr. Slinger, la Srta. Shotwell y muchos otros también se pusieron a bailar.

—Es Danza Interpretativa —dijo el Sr. Slinger.

—Estamos bailando "La damita de honor" —dijo Lily.

La familia de Lily se quedó en la recepción hasta que Lily quedó completamente agotada.

—Pero hay algo que debo hacer antes de irnos —dijo Lily. Necesitaba ver a Ginger una última vez.

Y cuando la vio, le dijo:

—Ginger, cuando me case tú puedes ser mi damita de honor.